ODE

SUR L'AVÉNEMENT

DE

NAPOLÉON BONAPARTE

A L'EMPIRE DES FRANÇAIS.

ODE

SUR L'AVÉNEMENT

DE

NAPOLÉON BONAPARTE

A L'EMPIRE DES FRANÇAIS,

Par Mr. LE MAYEUR, habitant de la ville de Mons ,
département de Jemappe , Auteur de l'*Épître au*
Premier Consul à son arrivée dans la Belgique, et
de l'*Ode sur l'expédition d'Angleterre.*

A PARIS,

Chez DEBRAY, Libraire, successeur de M.r *Bailly* ,
Barrière des Sergens, rué St. Honoré.

An XIII.

Se trouve

A LILLE;

Chez VANACKERE, Libraire, Grand'Place.

A MONS,

Chez HOYOIS, Imprimeur-Libraire, rue des Fripiers.

ODE.

C'est à Dieu qu'appartient l'empire de la terre :
Du suprême pouvoir lui seul propriétaire,
Le prête aux Souverains qu'il élève à son choix ;
Lui seul donne aux mortels les spectacles terribles
    De ces chûtes horribles,
Qui font trembler le monde, et frissonner les Rois.

Des Cieux où resplendit son trône inébranlable,
Il se plaît à briser le trône périssable
De ces Rois, vains jouets de l'instabilité ;
Pour apprendre aux mortels que la grandeur humaine
    Soumise à son domaine,
Ne tient que de sa main son pouvoir emprunté.   (1)

Considérez Assur, comme il croit en puissance ! (a)
Invincible lion, le voilà qui s'élance :

(a) Nabuchodonosor. L'empire des Assyriens.

Moab, Judas, Édom, Ammon, sont asservis :

« C'est moi, dit le Très-Haut, c'est ma voix qui l'appelle ;

» Et je payerai son zèle

» De l'or de l'Orient, des trésors de Memphis. (2)

———

Entendez-le ce Dieu dire au jeune Roi Mède : (a)

« Je te prends par la main : c'est moi qui te précède ;

» Descends de tes rochers tel que l'ours furieux,

» J'humilierai ces chefs, j'abattrai ces cohortes ;

» Je briserai ces portes ;

» Apprends de qui viendront tes succès glorieux. (3)

———

Le voyez-vous, des bords où le soleil se couche , (b)

Sur l'arène bondir, sans que son pied la touche,

Ce fougueux Léopard , l'ennemi du Persan ?

Il apperçoit sa proie ; il s'anime ; il s'élance ;

De cette violence

Un bras divin dirige et redouble l'élan. (4)

———

(a) Cyrus. L'empire des Mèdes et des Perses.

(b) Alexandre le Grand. L'empire des Grecs.

Quel rapide vainqueur de la terre surprise, (a)
Parti du Latium, foulé aux pieds, saisit, brise,
Sceptres, trônes, faisceaux, sous ses coups abattus?
Ministre des desseins que l'Éternel déclare,
      Sa puissance prépare
L'empire universel où doit régner JÉSUS.   (5)

———

Mais que vois-je? planté dans l'opulent domaine
Qu'aux Francs victorieux céda l'Aigle romaine,
Un arbre orne la Gaule, environné de lys.
Trois tiges l'ont couvert depuis son origine :
      Non loin de sa racine
Se lit en traits profonds le nom du grand Clovis.

———

Une voix part des Cieux : quel arrêt m'épouvante !
« Portez, portez vos coups à la tige existante,
» Enlevez-lui des Rois le glorieux bandeau :
» Sur des bords étrangers qu'elle soit rejetée ;
      » Et sur son tronc entée
» Qu'une autre branche élève un feuillage nouveau. (6)

_____

(a) L'empire Romain,

Elle dit : à l'instant s'élève de la terre .
Un vent impétueux, précurseur ordinaire
Des fougueux ouragans destructeurs des États :
La tige vainement résiste à sa furie :
      Elle chancelle, plie ,
Cède à l'effort terrible, et tombe avec fracas.

———

Mais quel suc généreux, quelle sève héroïque
Remplissant les canaux de l'arbre symbolique,
Va rendre un rejeton à son tronc mutilé ? .
C'est de Toi qu'il tiendra cette nouvelle vie,
      Héros de l'Italie,
Des champs de l'Orient par le Ciel rappelé.

———

Loin de moi cette erreur que l'aveugle fortune,
Inhabile à guider une vertu commune,
Soit l'être qui préside aux destins des héros :
Par le Dieu tout-puissant, par le Dieu des armées
      Leurs ames sont formées ;
Lui seul il les inspire, il règle leurs travaux.

———

C'est lui qui dirigeant ta course foudroyante,
Devant tes pas hardis répandit l'épouvante.

Quand le glaive à la main tu fis trembler les rois :
Lui qui d'un feu céleste éclaira ton génie,
    Quand frappant l'anarchie,
Tu rendis à la France et des mœurs et des loix.

Parmi les choix divers que fait sa providence
De ces hommes fameux dont la haute influence
Doit changer à son gré le destin des Etats,
Il nous donne ce Dieu, tantôt sensible père,
    Tantôt juge sévère
Les présens de son cœur, les verges de son bras.

C'est ainsi qu'opprimant l'Europe consternée,
L'inflexible Attila remplit sa destinée,
En se faisant nommer le fléau du Seigneur;
Et que brisant le joug d'une race innocente,
    Dans les fers gémissante,
Cyrus, l'élu de Dieu, fut l'homme de son cœur.

Guidés également par une main sacrée,
Le vainqueur de Lodi, le vainqueur de Tymbrée (a)

(a) Bataille célèbre gagnée par Cyrus sur les Babyloniens.

Méritèrent ce choix par d'égales vertus :
Tous deux ont recueilli la même récompense :
      L'empire de la France
Ne cède point en gloire au trône de Bélus.

———————

Un jour, un jour viendra que dans ce même empire,
Le marbre audacieux, le superbe porphire,
Dressés en monumens par nos travaux hardis,
Retraçant tes vertus, effaceront la gloire
      De ceux que la victoire
Offrit à tes regards aux plaines de Tanis. (a)

———————

L'œil y verra gravé, non l'Égypte conquise,
Non la riche Italie à nos armes soumise,
Non la Paix dans Amiens couronnant tes hauts faits·
Mais la Religion, la Justice exilées,
      Par ta voix rappelées,
Rendant au vrai bonheur le malheureux Français.

———————

M'égare-je, séduit par l'illusion vaine,
Qu'un fol enthousiasme, ou la foiblesse humaine.

————————————————

(a) Ancienne ville d'Égypte.

Porte dans ce moment à mon esprit troublé ?
Non, par la vérité mon ame est inspirée ;
     Et déjà l'Empyrée
S'ouvre brillant de gloire, à mes yeux dévoilé.

———————

L'éclair luit ; sur un char que la flamme environne,
Revêtu de l'éclat dont un Juste rayonne,
Le plus grand de nos Rois vers moi descend des Cieux ;
Appui des saints Autels, honneur du diadême,
     D'un émule qu'il aime,
Charles vient m'annoncer les destins glorieux.

———————

« Peuple dont l'univers admire la vaillance,
» Peuple à qui les tourmens de quinze ans de souffrance
» Ont fait à si haut prix acheter le repos,
» Connoissez par ma voix vos grandes destinées,
     » Et les belles journées
» Dont va briller enfin le règne d'un Héros.

———————

» Le Ciel qui le forma, le Ciel qui vous le donne,
» N'a point, au foible éclat d'une vaine couronne,

» Borné de ses présens la stérile faveur ;
» Le plus beau de ses dons, sa plus noble largesse
   » Est l'esprit de sagesse ;
» Et voilà le présent qu'il assure à son cœur. (7)

» C'est cet esprit divin qui m'éclairant moi-même,
» A fait dans l'univers briller mon diadême
» Au-dessus de l'éclat des autres souverains :
» C'est lui dont désormais la propice influence
   » Pour le bien de la France,
» Du grand NAPOLÉON inspire les desseins.

» Nation dont il tient sa puissance sublime,
» Contente d'appuyer son trône légitime,
» Remettez en ses mains votre sort glorieux !
» Sure que l'art profond de gouverner la terre,
   « Inconnu du vulgaire,
» Est connu des mortels favorisés des Cieux.

» Des lieux où le Lombard fléchit sous ma loi juste,
» L'Europe, en l'admirant, verra son bras robuste,

» Assurer les confins d'un Empire nouveau :
» Jusqu'à ceux où, marchant vers son bonheur antique,
    » La féconde Belgique
» Toujours chère à mon cœur, honore mon tombeau.

———

» Quel heureux avenir à mes yeux se découvre ?
» Dégagé de ses fers le commerce nous rouvre
» Les canaux abondans où couloit son trésor :
» La palme des beaux arts, le laurier du génie
    » Sur leur tige flétrie
» De verdoyans rameaux se couronnent encor.

———

» L'Indus, le Tanaïs, que nos rames vont fendre ;
» Fiers de subir le joug d'un nouvel Alexandre,
» Aux pilotes Français montrent leurs ports ouverts :
» D'un autre Scipion redoutant le courage,
    » La moderne Carthage
» Cède à nos pavillons le domaine des Mers.

———

» De ses longues douleurs maintenant soulagée,
» Par un Charles nouveau l'Église protégée

» Consacre sur son front la couronne des Rois,
» Et du double pouvoir cimentant l'alliance,
  « Affermit dans la France
» L'étendard de l'Empire, et celui de la Croix.

———

» Assuré d'un bonheur que ma voix vient prédire,
» Je vois, je vois déja ce renaissant Empire
» Atteindre la hauteur de ses destins brillans :
» Et grace au Souverain que l'Éternel dirige,
  » La quatrième tige
« Élever jusqu'aux Cieux l'arbre royal des Francs.

———

Il dit : et traversant l'azur de l'atmosphère
Sur des vagues de pourpre et des flots de lumière,
Vers la céleste voûte il a repris l'essor !
Long-temps mes yeux ont vu sa brillante couronne
    Et l'éclat dont rayonne
Le globe Impérial que son bras porte encor.

———

TEXTES SACRÉS

DONT IL EST FAIT USAGE DANS L'ODE.

(1) *Solus potens, Rex regum, et Dominus dominantium, cui honor et imperium sempiternum.*

Ad Timot. 6. 15.

(2) *Videbam in visione meâ nocte, et ecce quatuor venti Cœli pugnabant in mari magno : et quatuor bestiæ grandes ascendebant de mari diversæ inter se. Prima quasi leœna.*

Daniel. 7.

Dedi ei terram Ægypti eò quod laboraverit mihi, ait Dominus Deus.

Ezechiel. 29.

(3) *Et ecce bestia alia similis urso.*

Daniel. 7.

Hæc dicit Dominus Christo meo Cyro, cujus apprehendi dexteram, ut subjiciam ante faciem ejus gentes. Ego ante te ibo : et gloriosos terræ humiliabo, portas æreas conteram. Ut scias quia ego Dominus qui voco nomen tuum.

Isaiæ. 45.

(4) *Et ecce alia quasi pardus.*

Daniel. 7.

Ecce autem hircus caprarum veniebat ab occidente super faciem totius terræ, et non tangebat terram : cumque appropinquasset propè arietem, efferatus est in eum, et percussit arietem.

Daniel. 8.

(5) *Et ecce bestia quarta terribilis . . . . comedens atque comminuens, et reliqua pedibus suis conculcans. Et vidi quoniam interfecta esset bestia ; aliarum quoque besuarum ablata esset.*

potestas . . . . *Et ecce cum nubibus Cœli quasi Filius Hominis veniebat . . . . Et dedit ei potestatem, et honorem et regnum : potestas ejus, potestas æterna.*

Daniel. 7.

(6) *Et ecce vigil et Sanctus de Cœlo descendit, clamavit fortiter et sic ait : succidite arborem, et præcidite ramos ejus : excutite folia ejus, et dispergite fructus ejus.*

Daniel. 4.

(7) *Ecce feci tibi secundùm sermones tuos, et dedi tibi cor sapiens et intelligens.*

3. Reg. 4.

A LILLE,

De l'Imprimerie de H. LEMMENS, rue Neuve.

89

www.ingramcontent.com/pod-product-compliance
Lightning Source LLC
Chambersburg PA
CBHW072218210626
46818CB00014BA/2746